AF380993

Analyse de l'œuvre

Par Sorène Artaud et Paola Livinal

Ce que je sais de Vera Candida

de Véronique Ovaldé

lePetitLittéraire.fr

Rendez-vous sur lepetitlitteraire.fr et découvrez :

Plus de 1200 analyses
Claires et synthétiques
Téléchargeables en 30 secondes
À imprimer chez soi

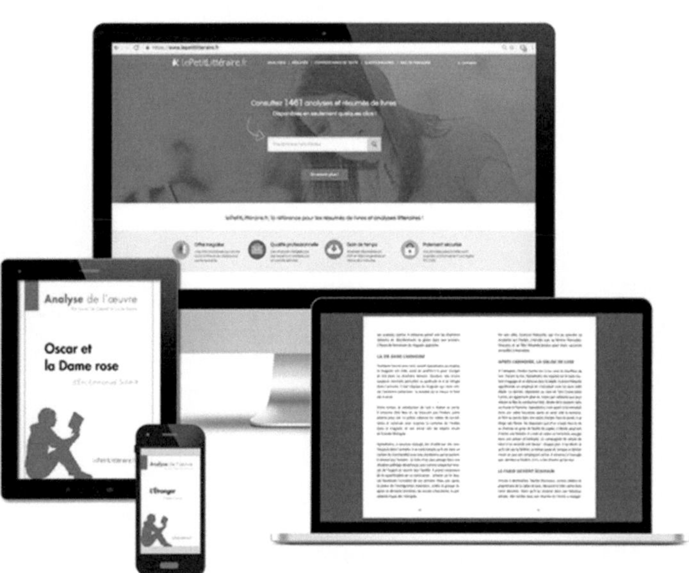

VÉRONIQUE OVALDÉ

ÉCRIVAINE FRANÇAISE

- **Née en 1972 au Perreux-sur-Marne (Val-de-Marne)**
- **Quelques-unes de ses œuvres :**
  - *Le Sommeil des poissons* (2000), roman
  - *Et mon cœur transparent* (2008), roman
  - *Des vies d'oiseaux* (2011), roman

Après des études en édition, Véronique Ovaldé travaille comme cheffe de fabrication, reprend un cursus de lettres par correspondance et publie en 2000 un premier roman, *Le Sommeil des poissons*. Elle signe, avec *Toutes choses scintillant* (2002), une seconde œuvre remarquée.

Ses ouvrages connaissent alors un succès grandissant, à la fois public et critique. En 2008, son cinquième roman, *Et mon cœur transparent*, est récompensé par le prix France Culture/Télérama. En 2009, son sixième roman, *Ce que je sais de Vera Candida*, reçoit le prix Renaudot des lycéens, le prix France Télévisions et le grand prix des lectrices de *Elle* 2010. Ses récits sont aujourd'hui traduits dans de nombreuses langues.

CE QUE JE SAIS DE VERA CANDIDA

LE DESTIN TRAGIQUE DE TROIS GÉNÉRATIONS DE FEMMES

- **Genre :** roman
- **Édition de référence :** *Ce que je sais de Vera Candida*, Paris, Éditions de l'Olivier, coll. « Littérature française », 2009, 300 p.
- **1re édition :** 2009
- **Thématiques :** famille, violence, fatalité, liberté, mort, viol

Paru à l'automne 2009, *Ce que je sais de Vera Candida* s'impose rapidement comme l'un des romans les plus remarqués – et encensés – de la rentrée littéraire.

L'œuvre raconte le parcours de Vera Candida, une jeune fille qui décide de quitter son ile exotique, Vatapuna, pour s'installer en ville, à Lahomeria. Le récit de ses déboires et de son apprentissage est également l'occasion de revenir sur l'histoire de sa mère et de sa grand-mère, dont les destins laissent supposer une malédiction frappant les femmes de la famille.

Évoquant des lieux imaginaires et poétiques, peuplés de personnages insolites, *Ce que je sais de Vera Candida* explore, entre rire et tragédie, des questions universelles.

RÉSUMÉ

Si Monica Rose n'est pas touchée par la fatalité qui s'abat sur les femmes de sa famille, c'est grâce à sa mère, Vera Candida, qui par sa détermination et son ouverture sur le monde, a pu l'écarter de ce destin tragique.

UNE HISTOIRE QUI SE RÉPÈTE

Rose Bustamente, la grand-mère maternelle de Vera Candida, était « la plus jolie pute de Vatapuna » (p. 15) avant de devenir, à l'âge de 40 ans, une pêcheuse à la vie tranquille. Un jour, un certain Jeronimo débarque à Vatapuna et souhaite démolir la cabane où vit Rose, afin de dégager la vue qu'il aura depuis sa nouvelle villa. Rose refuse d'abord de le voir puis, à la demande de celui-ci, finit par se rendre chez lui.

Jeronimo l'invite à diner et à rester pour la nuit. Le lendemain, il lui montre le film *Le Fils de Tarzan*. À la fin de la projection, Rose s'évanouit et reste fiévreuse pendant trois jours. À son réveil, Jeronimo lui demande de rester pour toujours. Rose devient ainsi son amante et goute à l'oisiveté de la vie à la villa. Mais Jeronimo est tourmenté, brutal et infidèle. Lorsque Rose apprend qu'elle est enceinte, souffrant de solitude, elle quitte la villa et rentre chez elle, où elle reprend la pêche, sans annoncer sa grossesse à Jeronimo. Neuf mois après, elle accouche d'une fille, Violette.

Quelques années plus tard, Violette, un peu simple d'esprit, est renvoyée de l'école. Un jour, alors qu'elle s'est cassé le bras en faisant du vélo, Rose lui fait boire de l'alcool pour soulager sa douleur. Mais Violette devient rapidement dépendante à l'alcool, et se transforme en grandissant en « une jolie jeune femme vide et sans bonté » (p. 68) qui couche « avec tous les garçons du village » (*ibid.*)

Elle tombe enceinte à 15 ans et accouche de Vera Candida, que Rose récupère lorsque l'enfant atteint l'âge de 5 ans, car Violette est incapable de s'en occuper.

Lorsque Vera Candida a 14 ans, le cadavre de Violette est retrouvé dans une forêt. La jeune fille est chargée par sa grand-mère d'aller annoncer la nouvelle à Jeronimo, qui abuse d'elle sans se douter qu'il s'agit de sa petite-fille. Après cette visite, Vera Candida tombe enceinte. Pour cacher son état à sa grand-mère, elle quitte Vatapuna et rejoint, à 15 ans, le continent.

Après avoir accouché de sa fille, Monica Rose (Monica est le prénom de l'infirmière qui l'incite à ne pas abandonner son bébé, tandis que Rose est celui de sa grand-mère), Vera Candida rejoint un foyer pour jeunes mères célibataires appelé « le palais des Morues » par ses occupantes, présidé par Mme Kaufman et géré par Renée. Vera Candida décroche un emploi dans une usine de paniers-repas. Elle travaille la nuit pendant que Renée garde son bébé.

UNE RENCONTRE DÉCISIVE

Pendant le séjour de Vera Candida au « palais des Morues », un journaliste, surnommé Billythekid, Itxaga de son vrai nom, publie un article dans lequel il affirme que Mme Kaufman est la femme d'un ex-dignitaire nazi. La nouvelle agite les pensionnaires du foyer et entraine bientôt sa fermeture. Quelque temps plus tard, Mme Kaufman est retrouvée morte.

Vera Candida, qui veut envoyer une photo de sa fille à sa grand-mère, se rend dans un Photomaton, mais repart sans ses photos. Itxaga, qui passe par là, les récupère. Plus tard dans la journée, il croise la jeune fille et la suit pour lui rendre ses clichés. Elle lui répond d'abord sur un ton agressif, puis accepte qu'il la reconduise en scooteur. Itxaga tombe amoureux de Vera Candida, qui devient son « accessoire de déconnexion du monde réel » (p. 153). Le soir de l'anniversaire de la jeune fille, il décide cependant d'arrêter de la voir après qu'elle lui a tenu des propos déroutants : « Demain je n'aurai que dix-sept ans, mais si tu veux me sauter je n'y vois pas d'inconvénient. » (p. 154)

Par la suite, le journaliste se fait enlever par la CAPA, la police d'État : il est torturé pour avouer le meurtre de Mme Kaufman, et perd dix dents et un doigt. Il est ensuite plongé pendant plusieurs jours dans un état de fatigue physique et mental extrême, dont il sort pour enquêter sur une affaire de viol. En effet, après la fermeture du « palais des Morues », une collègue de Vera Candida a proposé à la jeune femme un logement dans un immeuble communautaire, où celle-ci a aussitôt emménagé avec son enfant. Mais un matin, elle a découvert qu'une adolescente de l'immeuble avait été abusée par le concierge, et s'est aperçue que plusieurs jeunes filles avaient été victimes du même sort. Vera Candida a aussitôt appelé Itxaga pour qu'il mène l'enquête.

LE DÉBUT D'UNE NOUVELLE VIE

Après cet épisode, Vera Candida accepte d'aller boire un verre avec le journaliste, en précisant qu'elle sera accompagnée de Jules, son petit ami rencontré à l'usine. Itxaga prend dès lors l'habitude de sortir avec eux, tout en se rendant compte que cela le fait souffrir. Un soir, Jules insulte la jeune femme et, ne supportant pas ce comportement, Itxaga le frappe.

Peu de temps après, Vera Candida, qui a quitté Jules, va diner chez le journaliste avec Monica Rose. Le lendemain matin, elle se fait tirer dessus par Jules, et est atteinte à l'épaule gauche. Vera Candida cède ensuite à l'amour d'Itxaga et décide de s'installer chez lui. Elle cesse de travailler à l'usine et « se découvr[e] un grand intérêt pour la lecture, l'étude et la poésie » (p. 216). Elle oublie peu à peu Vatapuna.

Un jour, Monica Rose fait une chute dans la cour de l'école. À la suite de cet accident, Vera Candida devient une mère très protectrice. De temps en temps, Itxaga va chercher l'enfant à l'école sur sa Vespa. Il se sent comblé par cette vie de famille et commence à se livrer sur son passé. Sa mère était souvent absente et, un jour, son grand-père est venu le chercher pour l'installer chez lui. Il a alors découvert, à l'âge de 16 ans, que son grand-père avait pratiqué la torture, et a aussi appris la mort de sa mère.

UNE MORT IMMINENTE

Quelques années plus tard, alors que Monica a 23 ans et vit près de sa faculté, Vera Candida, âgée de 39 ans, ressent des douleurs à l'estomac. Après avoir vomi du sang, elle apprend qu'elle est atteinte d'une maladie incurable et qu'elle va bientôt mourir. Elle déjeune donc avec sa fille pour lui annoncer la nouvelle. Mais Monica Rose ne lui en laisse pas le temps et déclare à sa mère qu'elle souhaite partir en Angola pour s'occuper des réfugiés. Vera Candida décide alors de ne pas lui parler de sa maladie et de son désir de retourner à Vatapuna, qu'elle a quittée 24 ans auparavant. Avant de partir, elle laisse une lettre d'adieu à Itxaga.

À Vatapuna, Vera Candida est accueillie par une très vieille femme qui occupe désormais la cabane de sa grand-mère et ne semble pas surprise de son retour. Elle apprend de celle-ci le décès de Rose. Elle va alors se recueillir sur sa tombe, puis s'installe dans le seul hôtel de la ville. La vieille femme lui remet également un « magot » (p. 267), une malle que Rose avait mise de côté en prévision du retour de Vera Candida ou de son arrière-petite-fille. Le coffre contient notamment les robes que Jeronimo lui avait offertes.

De retour à son hôtel, Vera Candida demande à la propriétaire l'identité de la vieille dame. Cette dernière lui répond que cette maison est aujourd'hui inhabitée. Vera Candida pense alors que sa grand-mère lui a envoyé un fantôme. Armée d'un couteau, elle décide de se rendre dans la villa de son grand-père Jeronimo pour se venger du mal qu'il lui a fait.

Elle repense à la dernière fois qu'elle y est allée, pour annoncer la mort de Violette : Jeronimo l'avait violée, sans même savoir qui elle était. Il est donc à la fois son grand-père, l'arrière-grand-père et le père de sa fille. Elle déambule dans la villa vide pour le tuer, et finit par découvrir dans le salon « une vieille momie qui pendouille » (p. 285). Jeronimo s'est suicidé depuis longtemps, mais personne ne s'en est rendu compte.

Itxaga invite Monica Rose à diner. Celle-ci, qui a annulé son voyage en Angola, en veut à sa mère d'être partie. Le journaliste lui annonce qu'il souhaite se rendre à Vatapuna retrouver la femme qu'il aime.

ÉTUDE DES PERSONNAGES

VERA CANDIDA

Fille de Violette Bustamente, Vera Candida semble plutôt avoir hérité des traits de sa grand-mère, Rose, qui l'a élevée : grande et belle, toujours « les sourcils froncés » (p. 11), elle cache ses rêveries et toute autre trace de sensibilité sous une rudesse apparente.

Déterminée, voire bornée, Vera Candida quitte son ile natale lorsqu'elle tombe enceinte, pour éviter d'avouer à sa grand-mère qu'elle a été abusée par son grand-père. En vraie amazone, elle s'adapte à la ville et sa ténacité ne fait qu'augmenter : elle trouve un emploi à l'usine, fait même arrêter deux violeurs qui habitent dans son immeuble, avant de tomber amoureuse d'Itxaga, qui sera son grand amour.

Vera Candida se place ainsi du côté de l'action et non plus du côté de la soumission ou de la fuite.

Dans un besoin de rendre justice, elle ira jusqu'à se venger de la violence de son grand-père : « Ces choses ne s'oublient pas. Au mieux ou au pire elles s'enfouissent mais ne s'oublient pas. » (p. 280)

En outre, si elle a l'impression d'être devenue plus « civilisée » en s'installant en ville, Vera Candida ne garde pas moins une part très animale de son ile d'origine. Concernant son bébé « [e]lle aurait voulu que ses cheveux deviennent une tignasse emmêlée où un peigne aurait tenu debout, elle aurait aimé que la petite ne se lavât jamais [...], elle aurait aimé qu'elle restât à l'état sauvage » (p. 97). Vera Candida est une louve qui couve son enfant, une tigresse qui sait se défendre face aux hommes, un oiseau qui retourne mourir sur son ile le jour où elle apprend sa maladie incurable.

ROSE BUSTAMENTE

Rose Bustamente est la mère de Violette et la grand-mère de Vera Candida. « Répudiée à quatorze ans par sa mère parce qu'elle n'était plus vierge » (p. 15), Rose devient « la plus jolie pute de Vatapuna » (*ibid.*), puis se lance dans la pêche avec une redoutable efficacité. Très têtue, elle fait partie de ces femmes qui se sont toujours débrouillées seules. Ainsi lutte-t-elle longtemps contre Jeronimo, le riche mafieux qui souhaite détruire sa cabane sous prétexte que celle-ci lui gâche la vue.

Cependant, Rose cède en se laissant conquérir par Jeronimo dont elle reste captive plusieurs mois. Au terme de cette mauvaise expérience, dont sa fille Violette est le fruit, elle retourne à sa vie d'autrefois, rythmée par le travail et l'éducation difficile de son enfant. Pour elle, le plus important est alors de « se concentrer sur le réel » (p. 60).

La personnalité de Rose est empreinte d'une certaine forme de sagesse, en même temps que d'une inquiétude permanente. Rose est consciente de la malédiction qui guette les femmes de sa lignée : elles subissent toutes la violence des hommes. Le jour où sa fille Violette est retrouvée morte, elle est loin d'être surprise et se promet simplement d'élever sa petite-fille du mieux qu'elle le pourra.

VIOLETTE BUSTAMENTE

Violette est la fille de Rose Bustamente et la mère de Vera Candida. Sa vie est très brève et elle n'occupe que quelques pages dans le roman.

Enfant difficile, Violette a du retard sur les autres enfants pour parler, pour marcher, ou encore pour étudier. Un jour, à la suite d'une blessure, Rose lui donne de l'alcool contre la douleur : Violette devient alors alcoolique, et se change en une jeune femme terne, « paresseuse et colérique » (p. 68), dont les seules activités sont de « coucher avec tous les garçons du village [et] boire plus que de raison » (*ibid*.).

Avant de mourir dans la forêt et dans d'obscures conditions, elle a le temps de donner naissance à une fille, Vera Candida. Elle est incapable d'identifier le père comme de s'occuper de son enfant.

C'est Rose qui récupère Vera Candida bien mal en point, découvrant que Violette la laisse mourir en se peignant tranquillement les ongles.

MONICA ROSE

Fille de Vera Candida, elle tient son prénom, d'une part de l'infirmière qui a participé à l'accouchement et d'autre part de sa grand-mère. Elle ignore qu'elle est le fruit de l'inceste commis par Jeronimo sur sa petite-fille.

Née en ville et élevée dans le cocon créé par sa mère, loin de Vatapuna, elle ne connaitra jamais rien des secrets de cette ile. Elle est ainsi la première femme de la lignée à échapper à la malédiction. Le jour où sa mère lui demande si elle voudrait un père, elle répond : « Mais Maman, on est tellement bien toutes les deux, je n'ai pas du tout besoin d'un papa. » (p. 210)

Comme sa mère, elle devient en grandissant une belle jeune femme : elle a « les mêmes yeux que sa mère et une chevelure noire et lustrée qui tomb[e] comme un rideau d'ottoman dans son dos » (p. 242). Elle suit des études d'art, une fierté pour Vera Candida qui vient d'« un monde où on ne faisait pas d'études et encore moins d'études qui concernaient des disciplines aussi futiles et fantaisistes » (*ibid.*).

Mais Monica Rose décide, à l'âge de 24 ans, d'arrêter son cursus pour partir en Angola s'occuper des réfugiés, afin de trouver un sens à son existence, ultime signe de rupture avec ses origines, des milliers de kilomètres séparant Vatapuna et l'Angola.

ITXAGA

Itxaga se fait appeler Billythekid car il tient son prénom de son grand-père, le préfet Itxaga, qui a pratiqué la torture. Journaliste intègre, animé par le désir de découvrir et de dire la vérité, il travaille pour *L'Indépendant* de Lahomeria. Il révèle notamment le passé nazi de Mme Kaufman, directrice du « palais des Morues » où séjourne Vera Candida.

Itxaga dégage un charme certain, auquel son défaut physique ne change rien : « Il y avait quelque chose de dissymétrique dans son visage, la lèvre supérieure semblait déchirée ou découpée ou recousue. » (p. 111) En attestent les nombreuses lettres de fans qu'il reçoit, auxquelles il ne donne jamais suite. Car Itxaga est un romantique, un prince qui aurait remplacé son cheval par une Vespa, et qui a « tendance à tomber amoureux facilement, ça lui arrivait parfois quatre fois par jour, parfois plus » (p. 140). Il tombe définitivement amoureux de Vera Candida, avec si peu d'arrière-pensées et d'insolence qu'il patiente pendant des années avant de pouvoir la conquérir.

On apprend seulement vers la fin du roman son enfance difficile (une mère absente, un grand-père froid), ainsi que son vrai prénom : Hyeronimus.

Itxaga, homme moral et fidèle, apparait comme le pendant positif de l'autre homme du roman, le monstrueux Jeronimo.

JERONIMO

Jeronimo est « riche, impressionnant, capricieux et censément puissant » (p. 21). Il est à la base du malheur que subit la lignée des femmes Bustamente. Arrivé à Vatapuna où il s'est fait construire une villa, il souhaite acheter la maison de Rose et la détruire car elle lui gâche la vue. Tenace, il trouve un stratagème pour la rencontrer, puis pour la retenir dans sa prison dorée.

Mais l'idylle ne dure pas longtemps car Jeronimo boit, trompe, ment, frappe. Il passe beaucoup de temps à regarder de « vieux films tressautants » (p. 48) dans sa salle de projection, et ne daigne pas, après que Rose le quitte, faire un geste pour élever sa fille Violette. Jeronimo fera cependant pire qu'abandonner sa fille et mener une vie décadente : le jour où Vera Candida, envoyée par sa grand-mère, vient lui annoncer la mort de Violette, il la viole sans chercher à savoir qui elle est.

De retour à Vatapuna des années plus tard, Vera Candida se rend chez lui dans le but de le tuer : elle le découvre pendu avec la ceinture de son peignoir en satin.

CLÉS DE LECTURE

UN ROMAN DU RÉALISME MAGIQUE

Le réalisme magique

L'expression « réalisme magique » est attribuée au critique d'art allemand Franz Roh (1890-1965) qui l'utilise en 1925 pour qualifier des œuvres picturales postexpressionnistes (courant appelé aussi « nouvelle objectivité »). La réalité présentée cohabite avec une certaine irrationalité ; il n'y a plus de frontière entre ces deux visions.

La formule prend une ampleur exotique en traversant l'Atlantique et en trouvant ses maitres parmi les écrivains d'Amérique latine (Alejo Carpentier [écrivain cubain, 1904-1980], Carlos Fuentes [écrivain mexicain, 1928-2012], etc., mais surtout Gabriel García Márquez [écrivain colombien, 1928-2014]).

Le « magique » ou « merveilleux » est présenté comme étant naturel, ce qui suppose d'y croire, sans questionnement. La réalité est vécue conjointement à la magie, le naturel avec le surnaturel, dans une société latino-américaine multiethnique et multiculturelle. Si le lecteur européen y voit un dépaysement tropical, ou des effets de « couleur locale » (p. 23) comme l'exprime, sur un ton moqueur, le narrateur de *Ce que je sais de Vera Candida*, les personnages, eux, évoluent sans difficulté et sans étonnement dans cette ambiance magique.

L'atmosphère de *Ce que je sais de Vera Candida* est celle de lieux imaginaires aux noms exotiques : Vera Candida, Itxaga, port de Nuatu, l'ile de Vatapuna, la ville de Lahomeria, le passage des Baleiniers, etc. Mais à ces touches dépaysantes viennent s'ajouter des références réelles : la mention de la Seconde Guerre mondiale (1939-1945), la jeunesse d'Itxaga dans les années 1950 en Belgique, la guerre d'indépendance d'Angola (1961-1974), etc. Ainsi, Véronique Ovaldé sème un trouble tout au long de son roman : où et quand se déroule véritablement l'histoire ?

Dès les premières pages, la description de l'ile de Vatapuna transporte le lecteur vers des territoires exotiques. Cette ile, que l'on suppose être située au large de l'Amérique du Sud, est

cependant purement fictive. L'auteure explique :
« Je voulais que ça se passe dans un territoire
tropical parce qu'il fallait que ce lieu soit un lieu
étouffant, un lieu de pourriture, déliquescent. »
(« Entretien avec Véronique Ovaldé », in *fluctuat.
net*)

C'est sur cette terre à l'écart du continent
qu'apparaissent les images les plus étranges du
roman :

- la monumentale et luxueuse villa, un bâtiment
  blanc « à moitié construit ou à moitié démoli »
  (p. 33), sise sur les hauteurs de l'ile ; ainsi que
  son propriétaire au caractère imprévisible,
  l'ancien mafieux Jeronimo dont Vera Candida
  trouvera le corps momifié pendu au lustre du
  salon ;
- l'aspect labyrinthique et oppressant de cette
  maison-prison dont Rose tente de s'échapper
  (« Elle eut l'impression d'avoir passé ces derniers mois dans un placard sous un escalier, un
  placard habité par des milliers de petites bêtes
  poussiéreuses qui lui entravaient l'entende-
  ment et le souffle », p. 58) ;
- la fantomatique domestique, âgée, « docile,
  muette et quasi invisible » (p. 37) ;

- la vieille femme qui accueille Vera Candida à son retour sur Vatapuna semble, quant à elle, être une hallucination, un fantôme envoyé par Rose à sa petite-fille.

Tous ces évènements qui se concentrent sur l'ile finissent par créer une atmosphère proche du merveilleux et du magique auxquels les protagonistes consentent. En même temps, des repères réalistes jalonnent le récit :

- Rose lit des revues comme *CinéRevueMonde* (p. 31), qui évoque la revue française *Cinémonde*, ainsi que le *Reader's Digest* (*ibid.*) ;
- dans la villa, Rose regarde le film *Le fils de Tarzan* (1920) de Harry J. Révier et Arthur J. Flaven (p. 41), ou *Tarzan trouve un fils* (1939) de Richard Thorpe (l'auteure semble mêler les deux) ;
- Jeronimo raconte à Rose l'histoire d'un enfant juif qui fait revenir à la mémoire les massacres de civils exécutés par l'Allemagne nazie en Europe centrale entre 1933 et 1945.

En suivant Vera Candida sur le continent, une certaine modernité s'affiche, qui renvoie à nouveau à des aspects réalistes : « Vera Candida n'avait jamais vu autant de voitures, de panneaux publicitaires [...] de femmes en minishort, etc. » (p. 90) En outre, Itxaga connait les interrogatoires avec torture de la CAPA, des méthodes qui renvoient à certaines dictatures contemporaines d'Amérique du Sud. Le magique et le merveilleux restent néanmoins uniquement observables sur l'ile de Vatapuna.

Ainsi le roman de Véronique Ovaldé associe-t-il des marqueurs historiques incontestables et, sur le même plan, des évènements insolites, inquiétants et parfois même, franchement surnaturels. En raison de cela et parce que le récit s'inscrit dans l'ambiance de l'Amérique du Sud, on a pu placer cette histoire dans la lignée du « réalisme magique », un mode de narration partagé par plusieurs auteurs latino-américains du XXᵉ siècle.

Si le chapitre « Retour à Vatapuna » (p. 255) reprend l'histoire là où le narrateur avait laissé Vera Candida à la fin du prologue (p. 12), dans un univers composé de bizarreries, la fin du roman s'ouvre néanmoins sur une échappée réaliste pour Monica Rose.

L'ÉMANCIPATION DE VERA CANDIDA

Un roman de formation

Le roman de formation ou d'apprentissage retrace l'évolution d'un héros, depuis son jeune âge (l'adolescence le plus souvent) jusqu'à sa maturité. Par sa structure, mais aussi par son sujet, *Ce que je sais de Vera Candida* relève de ce genre romanesque.

> **LE ROMAN DE FORMATION OU D'APPRENTISSAGE**
>
> Apparu au XVIIIe siècle en Allemagne, le roman d'apprentissage présente toujours le même canevas : le héros de l'histoire s'émancipe et s'affranchit peu à peu, d'abord par une rupture avec l'univers dans lequel il vivait antérieurement, ensuite par un voyage – géographique et initiatique – durant lequel une série de rencontres et d'expériences l'instruisent et forgent son caractère. À la fin de l'histoire, le protagoniste prend conscience des résultats de son développement personnel, notamment en retournant sur son lieu de départ : il a pu cerner ce qui constitue son être et le rôle qu'il souhaite jouer dans la société.

Ainsi, la structure de *Ce que je sais de Vera Candida* se calque sur celle du roman d'apprentissage. Vera Candida sort de l'adolescence en tombant enceinte à 15 ans. Elle quitte l'ile de Vatapuna et fait le voyage en bateau vers le continent. À Lahomeria, elle devient mère, commence à travailler à l'usine, réussit à faire arrêter les violeurs de son immeuble, et finit par s'enrichir intellectuellement et émotionnellement auprès d'Itxaga. Elle revient à Vatapuna à 39 ans pour y mourir, certaine d'avoir mis un point final à la fatalité qui poursuivait les femmes de sa lignée.

Outre la structure, l'évolution sociale du personnage de Vera Candida renvoie également à l'une des caractéristiques du roman d'apprentissage. En effet, le prénom même de Vera Candida, s'il est avant tout exotique (en raison de sa sonorité), renvoie à une référence littéraire qui rappelle son émancipation : *Candide ou l'Optimisme de Voltaire* (écrivain et philosophe français, 1694-1778).

Vera Candida partage avec le personnage de Candide la volonté de découvrir d'autres aspects insoupçonnés du monde. Mais pour Vera Candida, son ouverture au changement est plus positive que celle de Candide : sa vie nouvelle est source d'enrichissement émotionnel et culturel, ce qui provoque son implication dans la société. Alors que Candide retient de ses expériences au contact des hommes que le mal prévaut sur le bien, Vera Candida, au contraire, trouve la sérénité dans l'espoir d'avoir conduit sa fille, Monica Rose, vers une vie meilleure.

Moins candide que le héros de ce conte éponyme, Vera Candida ignore néanmoins, au départ, tout un pan de la vie : quand elle part pour la grande ville, elle n'a encore jamais rien connu d'autre que le foyer désuet de sa grand-mère. La description de ses premiers jours à Lahomeria témoigne de la sensation de décalage éprouvée par l'héroïne : « C'est de la science-fiction » (p. 91), pense-t-elle en découvrant pour la première fois l'appartement de la jeune femme qui l'héberge.

Vera Candida progresse peu à peu au sein de la société civilisée, avant de retourner mourir dans son milieu initial. Elle est d'abord une fille-mère travaillant de nuit à l'usine, qui ne mange que « des barres chocolatées » (p. 214) et remplit sa tasse de chicorée soluble « directement avec l'eau chaude de sa douche » (p. 213).

Quelques années plus tard, alors qu'elle s'est installée chez Itxaga, elle goute à l'oisiveté et à un certain art de vivre, et se découvre un gout prononcé pour la lecture. Itxaga joue deux rôles dans le parcours initiatique de Vera Candida : il est à la fois son mentor, car il lui apporte une sécurité et une tranquillité, et son grand amour, car c'est dans ses bras qu'elle découvre le véritable amour.

La jeune femme prend alors conscience de son ascension et de l'éducation qu'elle a reçue : « Elle avait l'impression d'avoir vécu coincée dans le tiers-monde et que peu à peu son pays – circonscrit à son corps, son esprit et sa fille – s'était ouvert à une certaine forme de démocratie et de richesse. Il lui semblait [...] que la parole lui avait été donnée au contact d'Itxaga. » (p. 211)

Face à cette évolution, la mort s'annonce comme une défaite, trop tôt advenue pour que Vera Candida puisse s'ancrer dans sa nouvelle vie auprès d'Itxaga, au cœur de la ville moderne. Mais en rejoignant Vatapuna, Vera Candida rentre chez elle, elle sait qu'elle y « récupérera son horloge. Celle qui ne ment jamais, qui ne fait pas disparaître comme par un enchantement malin les heures pleines, celle qui ne dévore rien [...] » (p. 9)

Elle laisse la modernité à Monica Rose dont le rôle est de donner une nouvelle destinée à cette lignée de femmes.

Nature et culture

Ayant grandi sur l'ile de Vatapuna, Vera Candida présente un comportement et une personnalité marqués par la nature : elle fait preuve d'impétuosité et d'un instinct sauvage. Ainsi, la phrase de sa grand-mère aura des répercussions durant toute sa vie : « N'oublie jamais ta colère. » (p. 72)

C'est grâce à cette rage qui la caractérise depuis son plus jeune âge que Vera Candida rejoint la ville de Lahomeria à 15 ans, qu'elle agit contre les violeurs de l'immeuble communautaire, et qu'elle prend la décision de tuer son grand-père en retournant sur l'ile.

Le regard de Vera Candida laisse entrevoir sa part d'animalité : « Vera Candida a le regard azur et féroce [...] elle ne faisait que fixer les gens comme l'aurait fait un bébé jaguar. Et on n'avait qu'une envie, c'était de décamper le plus vite possible. » (p. 10-11)

Cet instinct sauvage transparait également dans

son souhait de garder son enfant à l'état de nature, protégé de toute culture : « Elle aurait aimé ne pas en faire un animal civilisé [...] elle lui serait apparue plus propre et plus vierge si elle n'avait pas eu à la toucher, elle la voyait comme une forêt qui abriterait des cercles magiques et une végétation inviolée. » (p. 97)

Une fois établie en ville auprès d'Itxaga, Vera Candida devient peu à peu une jeune mère urbaine, indépendante, civilisée : l'influence de la culture s'impose sur celle de la nature. C'est seulement au moment où se profile sa mort que Vera Candida renoue naturellement avec son passé : « Il me faut retourner à Vatapuna » (p. 240) Revenir à son point de départ s'impose comme une évidence et laisse sous-entendre que l'héroïne ne s'est jamais tout à fait défait de sa part de nature.

FATALITÉS FÉMININES ET FATALITÉS FAMILIALES

Le roman de Véronique Ovaldé développe une grande fresque familiale s'étendant sur de nombreuses années et relatant les destinées de plusieurs générations. Le fil conducteur de l'histoire est une malédiction qui ne dit pas son nom et qui pèse sur toutes les femmes du même sang que Rose Bustamente : une forme de fatalité articule ainsi les ressorts du roman.

Ce procédé évoque l'œuvre majeure de *Cent ans de solitude* (1968) de Gabriel García Márquez (écrivain colombien, 1928-2014) qui rapporte les fatalités qui touchent six générations d'une famille marquée par l'inceste et des péripéties fantastiques.

Il est impossible à la lecture de *Ce que je sais de Vera Candida* de ne pas imaginer les héroïnes que décrit Ovaldé comme des amazones luttant vaillamment contre leur destin, nécessairement douloureux.

L'aspect tragique de l'histoire se fait ainsi fortement ressentir : de terribles mâles et maux guettent ces femmes, et les atteignent souvent au corps.

Rose a été prostituée pendant une grande partie de sa vie, puis a été violentée par le brusque Jeronimo ; Violette est devenue une fille facile, alcoolique, et son cadavre a été retrouvé dans les bois ; Vera Candida, abusée par son grand-père, considèrera toujours la sexualité comme un devoir, avant de devenir l'amante d'Itxaga. Monica Rose, née et élevée sur le continent, met un terme à la fatalité qui poursuit les femmes de cette famille.

Lorsqu'elle revient à Vatapuna, Vera Candida est accueillie par une vieille femme qui lui signale : « Ta grand-mère m'avait bien dit que tu reviendrais. » (p. 12) Rose Bustamente, à la fois vulgaire et mystique, a assurément quelque chose d'une vieille sage – ou peut-être d'une sorcière. Ces propos de la vieille femme, sur lesquels s'achève le prologue du roman, sont équivalents à un « tout était écrit », et annoncent la grande histoire qui suit.

Violette, Vera Candida et Monica Rose ont également toutes la particularité d'avoir eu un père absent, inexistant. Leurs pères se résument à des géniteurs de hasard dans une société violente contre les femmes. Monica Rose et Vera Candida vivent d'ailleurs dans un quartier où le statut de « mère isolée » (*ibid.*) est la norme.

En choisissant d'évoquer les quatre femmes

d'une même lignée (Rose, Violette, Vera Candida, Monica Rose), Véronique Ovaldé construit une véritable mythologie familiale.

Son roman peut ainsi être entendu comme une longue histoire ou une légende qui se transmettrait de mère en fille, génération après génération. En cela, il s'inscrit d'une certaine manière dans le genre du conte.

Ce que je sais de Vera Candida est un roman de l'ambivalence. Passant du monde clos et magique de l'ile à l'univers civilisé et réaliste de la ville, Vera Candida s'est émancipée : jeune victime, elle est devenue une mère résolue et cultivée. Elle se maintient pourtant entre ces deux ensembles : malgré ce qu'elle a appris de la société, et après avoir mis fin à la malédiction qui touche sa famille, elle souhaite vivre ses derniers jours sur son ile originelle, dont les vieux fantômes qui la peuplent lui apportent une forme de sérénité. En outre, si l'histoire racontée est tragique, elle se termine néanmoins par le rire de Monica Rose à qui l'avenir appartient.

PISTES DE RÉFLEXION

QUELQUES QUESTIONS POUR APPROFONDIR SA RÉFLEXION...

- Pourquoi, selon vous, Vera Candida veut-elle tuer Jeronimo à son retour sur l'ile ?
- Où et quand se déroule cette histoire ? Expliquez en quoi l'espace et le temps sont-ils compliqués à définir.
- Comment les hommes sont-ils représentés dans le roman ?
- Analysez l'opposition entre nature (Vatapuna) et culture (Lahomeria) dans *Ce que je sais de Vera Candida*.
- Pour Véronique Ovaldé, « il faut que ce soit la Fée Clochette qui raconte une histoire de viol » (« Entretien avec Véronique Ovaldé », in *fluctuat.net*). Expliquez ce propos.
- *Ce que je sais de Vera Candida* est-il selon vous un roman féministe ?
- À 23 ans, Monica Rose « ne veut rien de ce qui vient de Vatapuna » (p. 293) comme si elle refusait ses origines. Développez.

- En quoi pourrait-on étudier *Ce que je sais de Vera Candida* comme le pendant féminin de la célèbre œuvre de Gabriel García Márquez, *Cent ans de solitude* ?

- Comparez Vera Candida à d'autres grands personnages féminins de la littérature de votre choix, et définissez dans quelle filiation elle pourrait s'inscrire.

- « Quand on est bonne mère, ça fait tout pardonner. » (ZOLA É., *Nana*, Paris, G. Charpentier, 1881, p. 51) Cette citation extraite de *Nana* d'Émile Zola (écrivain français, 1840-1902) peut-elle éclairer votre lecture de *Ce que je sais de Vera Candida* ?

Votre avis nous intéresse !
Laissez un commentaire sur le site de votre librairie en ligne
et partagez vos coups de cœur sur les réseaux sociaux !

POUR ALLER PLUS LOIN

ÉDITION DE RÉFÉRENCE

- OVALDÉ V., *Ce que je sais de Vera Candida*, Paris, Éditions de l'Olivier, 2009.

ÉTUDES DE RÉFÉRENCE

- *Dictionnaire mondial des littératures*, Paris, Larousse, 2012.

- « Entretien avec Véronique Ovaldé », in *fluctuat. net*, consulté le 18 décembre 2017. https://www. youtube.com/watch?v=7mExaX-8bWA

- LE FUSTEC C., « Le réalisme magique : vers un nouvel imaginaire de l'autre ? », in *Amerika.revues. org*, février 2010, consulté le 06 décembre 2017. http://amerika.revues.org/1164

- ZOLA É., *Nana*, Paris, G. Charpentier, 1881.

SUR LEPETITLITTÉRAIRE.FR

- Fiche de lecture sur *Des vies d'oiseaux* de Véronique Ovaldé.

Retrouvez notre offre complète sur lePetitLittéraire.fr

- des fiches de lectures
- des commentaires littéraires
- des questionnaires de lecture
- des résumés

ANOUILH
- Antigone

AUSTEN
- Orgueil et Préjugés

BALZAC
- Eugénie Grandet
- Le Père Goriot
- Illusions perdues

BARJAVEL
- La Nuit des temps

BEAUMARCHAIS
- Le Mariage de Figaro

BECKETT
- En attendant Godot

BRETON
- Nadja

CAMUS
- La Peste
- Les Justes
- L'Étranger

CARRÈRE
- Limonov

CÉLINE
- Voyage au bout de la nuit

CERVANTÈS
- Don Quichotte de la Manche

CHATEAUBRIAND
- Mémoires d'outre-tombe

CHODERLOS DE LACLOS
- Les Liaisons dangereuses

CHRÉTIEN DE TROYES
- Yvain ou le Chevalier au lion

CHRISTIE
- Dix Petits Nègres

CLAUDEL
- La Petite Fille de Monsieur Linh
- Le Rapport de Brodeck

COELHO
- L'Alchimiste

CONAN DOYLE
- Le Chien des Baskerville

DAI SIJIE
- Balzac et la Petite Tailleuse chinoise

DE GAULLE
- Mémoires de guerre III. Le Salut. 1944-1946

DE VIGAN
- No et moi

DICKER
- La Vérité sur l'affaire Harry Quebert

DIDEROT
- Supplément au Voyage de Bougainville

DUMAS
• Les Trois
Mousquetaires

ÉNARD
• Parlez-leur
de batailles,
de rois et
d'éléphants

FERRARI
• Le Sermon sur la
chute de Rome

FLAUBERT
• Madame Bovary

FRANK
• Journal
d'Anne Frank

FRED VARGAS
• Pars vite et
reviens tard

GARY
• La Vie devant soi

GAUDÉ
• La Mort du
roi Tsongor
• Le Soleil des
Scorta

GAUTIER
• La Morte
amoureuse
• Le Capitaine
Fracasse

GAVALDA
• 35 kilos d'espoir

GIDE
• Les
Faux-Monnayeurs

GIONO
• Le Grand
Troupeau
• Le Hussard
sur le toit

GIRAUDOUX
• La guerre de
Troie
n'aura pas lieu

GOLDING
• Sa Majesté des
Mouches

GRIMBERT
• Un secret

HEMINGWAY
• Le Vieil Homme
et la Mer

HESSEL
• Indignez-vous !

HOMÈRE
• L'Odyssée

HUGO
• Le Dernier Jour
d'un condamné
• Les Misérables
• Notre-Dame
de Paris

HUXLEY
• Le Meilleur
des mondes

IONESCO
• Rhinocéros
• La Cantatrice
chauve

JARY
• Ubu roi

JENNI
• L'Art français
de la guerre

JOFFO
• Un sac de billes

KAFKA
• La Métamorphose

KEROUAC
• Sur la route

KESSEL
• Le Lion

LARSSON
• Millenium I. Les
hommes qui
n'aimaient pas
les femmes

LE CLÉZIO
• Mondo

LEVI
• Si c'est un
homme

LEVY
• Et si c'était vrai…

MAALOUF
• Léon l'Africain

MALRAUX
- La Condition humaine

MARIVAUX
- La Double Inconstance
- Le Jeu de l'amour et du hasard

MARTINEZ
- Du domaine des murmures

MAUPASSANT
- Boule de suif
- Le Horla
- Une vie

MAURIAC
- Le Nœud de vipères

MAURIAC
- Le Sagouin

MÉRIMÉE
- Tamango
- Colomba

MERLE
- La mort est mon métier

MOLIÈRE
- Le Misanthrope
- L'Avare
- Le Bourgeois gentilhomme

MONTAIGNE
- Essais

MORPURGO
- Le Roi Arthur

MUSSET
- Lorenzaccio

MUSSO
- Que serais-je sans toi ?

NOTHOMB
- Stupeur et Tremblements

ORWELL
- La Ferme des animaux
- 1984

PAGNOL
- La Gloire de mon père

PANCOL
- Les Yeux jaunes des crocodiles

PASCAL
- Pensées

PENNAC
- Au bonheur des ogres

POE
- La Chute de la maison Usher

PROUST
- Du côté de chez Swann

QUENEAU
- Zazie dans le métro

QUIGNARD
- Tous les matins du monde

RABELAIS
- Gargantua

RACINE
- Andromaque
- Britannicus
- Phèdre

ROUSSEAU
- Confessions

ROSTAND
- Cyrano de Bergerac

ROWLING
- Harry Potter à l'école des sorciers

SAINT-EXUPÉRY
- Le Petit Prince
- Vol de nuit

SARTRE
- Huis clos
- La Nausée
- Les Mouches

SCHLINK
- Le Liseur

SCHMITT
- La Part de l'autre
- Oscar et la Dame rose

SEPULVEDA
- Le Vieux qui lisait des romans d'amour

SHAKESPEARE
- Roméo et Juliette

SIMENON
- Le Chien jaune

STEEMAN
- L'Assassin habite au 21

STEINBECK
- Des souris et des hommes

STENDHAL
- Le Rouge et le Noir

STEVENSON
- L'Île au trésor

SÜSKIND
- Le Parfum

TOLSTOÏ
- Anna Karénine

TOURNIER
- Vendredi ou la Vie sauvage

TOUSSAINT
- Fuir

UHLMAN
- L'Ami retrouvé

VERNE
- Le Tour du monde en 80 jours
- Vingt mille lieues sous les mers
- Voyage au centre de la terre

VIAN
- L'Écume des jours

VOLTAIRE
- Candide

WELLS
- La Guerre des mondes

YOURCENAR
- Mémoires d'Hadrien

ZOLA
- Au bonheur des dames
- L'Assommoir
- Germinal

ZWEIG
- Le Joueur d'échecs

ISBN version numérique : 978-2-8062-2522-1
ISBN version papier : 978-2-8062-2524-5
Dépôt légal : D/2017/12603/980

Avec la collaboration de Paola Livinal pour l'encadré « Le roman de formation ou d'apprentissage », ainsi que pour les chapitres « Un roman du réalisme magique » et « Nature et culture ».

Conception numérique : Primento, le partenaire numérique des éditeurs.

Ce titre a été réalisé avec le soutien de la Fédération Wallonie-Bruxelles, Service général des Lettres et du Livre.